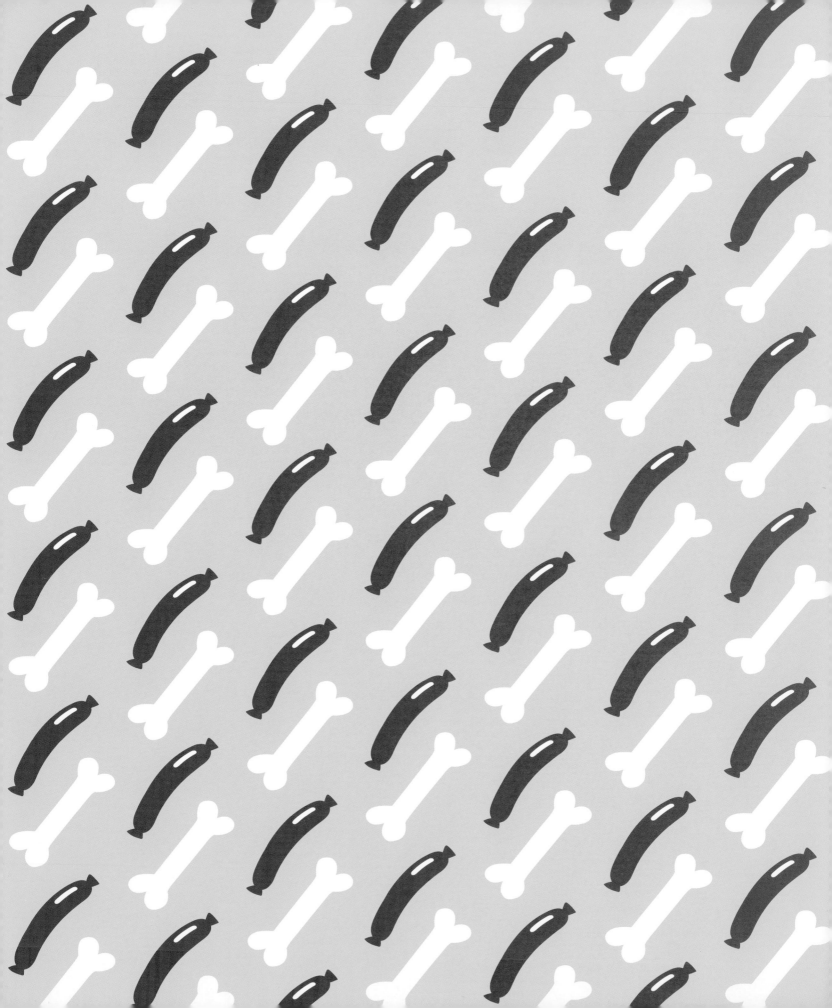

跟著狗狗找找看，找到回家的路

寶蘿·巴托（文）

杜邦先生（圖）

翻譯：大阿姨林季苗

Larousse
Jeunesse

滴答，滴答，滴答……滴答，滴答，滴答……

一隻狗狗看了看時間，然後開始奔跑。

很奇怪？對嗎？

因為你從來沒看過會看錶的狗狗，

所以你趕緊追在牠的後面……

結果你快要追上時，

牠就跳進一個狗屋裡消失了。

你一點猶豫也沒有，就跟著狗狗鑽進了狗屋，

然後，啊啊啊！

你ㄋ一ˇ……掉ㄉㄧㄠˋ下ㄒㄧㄚˋ去ㄑㄩˋ了ㄌㄜ……

砰！你掉進了一堆枯葉裡。天啊！你不知道你現在在哪裡。
但有一件事是確定的，你永遠也無法回到家裡吃點心了。
哇！周圍一片漆黑，但突然……咔嚓！又變得一片光明了！
這時候， 你看到你的手變得毛茸茸的。
哦！這太瘋狂了！看起來像……狗爪！
你嚇壞了！大喊：「爸爸！媽媽！救救我！」

這時，奇蹟出現了，
你遇見一隻要你跟著牠走的狗狗……

狗狗安慰你說：
「一切都會沒事的，我會幫你離開這裡。」

牠要你找找這三把用來
開門的鑰匙

也要
你找找：

4隻螢火狗蟲

3位南法原始人

1頂皇冠

1個圓環

5條狗蟲

1隻蜈蚣

在門的後面，你發現了一座……狗狗城。
歡迎來到狗狗們最喜愛的城市，市長會指引你回家的路，但你必須先找到他。
給你一個提示：他戴著一條三色圍巾。

請讀右方擬聲詞，這是一些模仿聲音的詞，然後請仔細觀察本圖，請找出每個擬聲詞對應哪個場景呢？

嘶！ 嘩啦！（潑水） 滋溜！（舔冰淇淋）

碰！ 啵！（親吻） 哇哇！（嬰兒哭泣）

根據市長的說法，狗狗城博物館的一件
藝術品隱藏了一個祕密通道：
一條你可以回家的捷徑。
請睜開雙眼，
找出一幅描繪大波浪的畫。

然後也在本圖中找出：
誰放屁了呢？

也尋找

1塊琥珀

1件當代
藝術品

1根德國
法貝熱骨頭

1件恩克斯
的作品

5根香腸
侵略者

1個非洲面具

1幅畢卡犬畫

5罐狗糧

是誰撲通一聲跳進水裡呢？是你！
ㄅㄟ、！誰說這是一條捷徑的？
找到這個沉沒城市的六位女王，
她們會幫助你浮出水面。
給你一個提示：她們都戴著王冠。

右列這些尊貴美麗的魚中
只有一隻沒有重複兩次，
請在本圖中找出牠。

也ㄝˇ找ㄓㄠˇ找ㄓㄠˇ：

8隻ㄓ 拉ㄌㄚ布ㄅㄨˋ拉ㄌㄚ多ㄉㄨㄛ
螃ㄆㄤˊ蟹ㄒㄧㄝˋ

6隻ㄓ 熊ㄒㄩㄥˊ狗ㄍㄡˇ

3隻ㄓ 狗ㄍㄡˇ狗ㄍㄡˇ蝦ㄒㄧㄚ

2隻ㄓ 聖ㄕㄥˋ伯ㄅㄛˊ納ㄋㄚˋ
隱ㄧㄣˇ士ㄕˋ蟹ㄒㄧㄝˋ

4隻ㄓ 海ㄏㄞˇ狗ㄍㄡˇ星ㄒㄧㄥ

5隻ㄓ 海ㄏㄞˇ狗ㄍㄡˇ
蝸ㄍㄨㄚ牛ㄋㄧㄡˊ

要抵達下一個世界，你必須打敗黑武士，
但你必須先補滿命。
在這關裡共藏著三個愛心命。快！快點拿到它們！

在本圖中找出
右列細節：

也ゼ找ㄓㄠˇ找ㄓㄠˇ

1隻ㄓ皮ㄆˊ卡ㄎㄚˇ犬ㄑㄩㄢˇ

1隻ㄓ蘿ㄌㄨㄛˊ拉ㄌㄚ・犬ㄑㄩㄢˇ芙ㄈㄨˊ特ㄊㄜˋ

10枚ㄇㄟˊ金ㄐㄧㄣ幣ㄅㄧˋ

5瓶ㄆㄧㄥˊ魔ㄇㄛˊ法ㄈㄚˇ藥ㄧㄠˋ水ㄕㄨㄟˇ

6顆ㄎㄜ星ㄒㄧㄥ星ㄒㄧㄥ

1顆ㄎㄜ炸ㄓㄚˋ彈ㄉㄢˋ

歐ㄡ耶ㄧㄝ、歐ㄡ耶ㄧㄝ！你ㄋㄧˇ擊ㄐㄧ敗ㄅㄞˋ了ㄌㄜ黑ㄏㄟ武ㄨˇ士ㄕˋ！幹ㄍㄢˋ得ㄉㄜ好ㄏㄠˇ！

但ㄉㄢˋ還ㄏㄞˊ不ㄅㄨˋ算ㄙㄨㄢˋ完ㄨㄢˊ全ㄑㄩㄢˊ勝ㄕㄥˋ利ㄌㄧˋ……

如ㄖㄨˊ果ㄍㄨㄛˇ你ㄋㄧˇ想ㄒㄧㄤˇ回ㄏㄨㄟˊ家ㄐㄧㄚ，你ㄋㄧˇ還ㄏㄞˊ必ㄅㄧˋ須ㄒㄩ贏ㄧㄥˊ得ㄉㄜ這ㄓㄜˋ場ㄔㄤˇ比ㄅㄧˇ賽ㄙㄞˋ。

在ㄗㄞˋ本ㄅㄣˇ圖ㄊㄨˊ中ㄓㄨㄥ找ㄓㄠˇ出ㄔㄨ
你ㄋㄧˇ所ㄙㄨㄛˇ有ㄧㄡˇ的ㄉㄜ騎ㄑㄧˊ士ㄕˋ武ㄨˇ器ㄑㄧˋ。

I 把ㄅㄚˇ斧ㄈㄨˇ頭ㄊㄡ

I 把ㄅㄚˇ
晨ㄔㄣˊ星ㄒㄧㄥ槌ㄔㄨㄟˊ頭ㄊㄡ

I 個ㄍㄜˋ盾ㄉㄨㄣˋ牌ㄆㄞˊ

I 個ㄍㄜˋ頭ㄊㄡˊ盔ㄎㄨㄟ

I 把ㄅㄚˇ劍ㄐㄧㄢˋ

I 根ㄍㄣ矛ㄇㄠˊ

也找找

Ⅰ把奧斯卡利劍

7隻小雞

Ⅰ個狗狗獎杯

Ⅰ隻獨角犬

Ⅰ隻推特犬

3條項鍊

加ㄐㄧㄚ油ㄧㄡˊ！再ㄗㄞˋ加ㄐㄧㄚ把ㄅㄚˇ勁ㄐㄧㄣˋ！
幫ㄅㄤ助ㄓㄨˋ滑ㄏㄨㄚˊ雪ㄒㄩㄝ運ㄩㄣˋ動ㄉㄨㄥˋ員ㄩㄢˊ瑪ㄇㄚˇ麗ㄌㄧˋ・諾ㄋㄨㄛˋ諾ㄋㄨㄛˋ找ㄓㄠˇ到ㄉㄠˋ她ㄊㄚ的ㄉㄜ˙護ㄏㄨˋ身ㄕㄣ符ㄈㄨˊ，
你ㄋㄧˇ會ㄏㄨㄟˋ得ㄉㄜˊ到ㄉㄠˋ獎ㄐㄧㄤˇ勵ㄌㄧˋ喔ㄛ！

下ㄒㄧㄚˋ列ㄌㄧㄝˋ哪ㄋㄚˇ個ㄍㄜˋ角ㄐㄧㄠˇ色ㄙㄜˋ在ㄗㄞˋ圖ㄊㄨˊ中ㄓㄨㄥ
只ㄓˇ出ㄔㄨ現ㄒㄧㄢˋ一ㄧˊ次ㄘˋ呢ㄋㄜ˙？

也^{ㄝˇ}請^{ㄑㄧㄥˇ}找^{ㄓㄠˇ}找^{ㄓㄠˇ}

1隻^ㄓ可^{ㄎㄜˇ}愛^{ㄞˋ}的^{ㄉㄜˇ}
雪^{ㄒㄩㄝˇ}地^{ㄉㄧˋ}奇^{ㄑㄧˊ}奇^{ㄑㄧˊ}

2塊^{ㄎㄨㄞˋ}乳^{ㄖㄨˇ}酪^{ㄌㄠˋ}

4個^{ㄍㄜˋ}
雪^{ㄒㄩㄝˇ}地^{ㄉㄧˋ}標^{ㄅㄧㄠ}誌^{ㄓˋ}

1隻^ㄓ迪^{ㄉㄧˊ}斯^ㄙ可^{ㄎㄜˇ}
舞^{ㄨˇ}狗^{ㄍㄡˇ}

5瓶^{ㄆㄧㄥˊ}
金^{ㄐㄧㄣ}雀^{ㄑㄩㄝˋ}犬^{ㄑㄩㄢˇ}尿^{ㄋㄧㄠˋ}

3副^{ㄈㄨˋ}眼^{ㄧㄢˇ}鏡^{ㄐㄧㄥˋ}

幸好有你協助，瑪麗·諾諾贏得了骨頭獎章。
為了感謝你，她的教練希望送你去太空旅行。
你認為會是透過哪種遊樂設施呢？

請在圖中找出
右列細節：

可卡犬輪鞋

小狗狗棉花糖

狗鬼狗屋

①

也找找

1 隻愛犬狂

1 隻美國犬

7 頂尖帽

6 個絨毛玩具

1 隻狗小丑

10 隻小啄雀

太神奇了，這個遊樂設施竟然是一支真的火箭。
現在，你正在……邁出前往火星的第一步。
還有你與火星狗第一次見面，請替我向他們的首領問好！
她有三個乳房，並且全身都是綠色的。

也請在圖中找出
右列這些細節：

也找找

7隻黑色
火星狗

2隻狗毛蟲

1隻捲毛
火星狗

1隻火星
沙拉米

1隻達爾
馬提亞火星狗

9顆
火星狗蛋

結果，這趟回程之旅給你帶來了許多的驚喜。
為了改變一下佈景，請給拉布拉多龍獻上一束
食肉性植物吧！

也請在圖中找到
右列這七種植物。

也找找

 5 隻兩棲狗

 1 隻三角狗龍

5 顆會走路的蛋

 2 隻小飛狗龍

 8 隻狗昆蟲

 1 隻香腸龍

哦ㄛ哦ㄛ哦ㄛ！你ㄋㄧˇ現ㄒㄧㄢˋ在ㄗㄞˋ在ㄗㄞˋ哪ㄋㄚˇ裡ㄌㄧˇ呢ㄋㄜ？我ㄨㄛˇ知ㄓ道ㄉㄠˋ、我ㄨㄛˇ知ㄓ道ㄉㄠˋ，
你ㄋㄧˇ離ㄌㄧˊ家ㄐㄧㄚ只ㄓˇ差ㄔㄚ一ㄧ瓶ㄆㄧㄥˊ藥ㄧㄠˋ水ㄕㄨㄟˇ了ㄌㄜ。請ㄑㄧㄥˇ在ㄗㄞˋ圖ㄊㄨˊ中ㄓㄨㄥ找ㄓㄠˇ出ㄔㄨ書ㄕㄨ裡ㄌㄧˇ標ㄅㄧㄠ示ㄕˋ，
調ㄊㄧㄠˊ配ㄆㄟˋ這ㄓㄜˋ個ㄍㄜˋ魔ㄇㄛˊ力ㄌㄧˋ飲ㄧㄣˇ料ㄌㄧㄠˋ的ㄉㄜ配ㄆㄟˋ方ㄈㄤ吧ㄅㄚ！

回ㄏㄨㄟˊ程ㄔㄥˊ藥ㄧㄠˋ水ㄕㄨㄟˇ

好ㄏㄠˇ啦ㄌㄚ，走ㄗㄡˇ吧ㄅㄚ！
我ㄨㄛˇ們ㄇㄣ回ㄏㄨㄟˊ家ㄐㄧㄚ吧ㄅㄚ！

x1

x6

x6

x1

x2

小ㄒㄧㄠˇ心ㄒㄧㄣ：
配ㄆㄟˋ方ㄈㄤ有ㄧㄡˇ誤ㄨˋ，
竟ㄐㄧㄥˋ魚ㄩˊ變ㄅㄧㄢˋ身ㄕㄣ！

也ㄧㄝˇ找ㄓㄠˇ找ㄓㄠˇ右ㄧㄡˋ邊ㄅㄧㄢ這ㄓㄜˋ些ㄒㄧㄝ非ㄈㄟ常ㄔㄤˊ
有ㄧㄡˇ用ㄩㄥˋ的ㄉㄜ工ㄍㄨㄥ具ㄐㄩˋ。

1根ㄍㄣ
大ㄉㄚˋ湯ㄊㄤ匙ㄔˊ

1個ㄍㄜˋ
大ㄉㄚˋ鐵ㄊㄧㄝˇ鍋ㄍㄨㄛ

1個ㄍㄜˋ秤ㄔㄥˋ

1個ㄍㄜˋ
攪ㄐㄧㄠˇ拌ㄅㄢˋ器ㄑㄧˋ

1個ㄍㄜˋ
刨ㄆㄠˊ絲ㄙ器ㄑㄧˋ

1把ㄅㄚˇ菜ㄘㄞˋ刀ㄉㄠ　2個ㄍㄜˋ滴ㄉㄧ管ㄍㄨㄢˇ

也找找

1 隻 蝙蝠

5 顆 毒蘋果

3 隻 狗狗蜘蛛

5 隻 狗狗蝸牛

4 隻 狗狗瓢蟲

1 根 魔杖

終於山，你3回到了狗屋ㄨ！哎呀！
真是鬆了一口氣！就4在這時候，
你感覺到你的爪子非常、非常地黏。
哦！太瘋狂了！看起來像……觸腕。
哦不！該死的藥水ㄨ！

國家圖書館出版品預行編目資料（CIP）

跟著狗狗找找看，找到回家的路 / 寶蘿・巴托著；
杜邦先生繪；大阿姨林季苗譯 . — 初版 . — 臺
北市：五南圖書出版股份有限公司，2024.12
　面：　公分
國語注音
譯自：Au pays des 500 chiens.
ISBN 978-626-393-796-3（精裝）

1. 圖畫故事書 —3-6 歲幼兒讀物

876.599　　　　　　　　113014082

XX1B

跟著狗狗找找看，找到回家的路

Au pays des 500 chiens

作　　　者 — 寶蘿・巴托

繪　　　者 — 杜邦先生

譯　　　者 — 大阿姨林季苗

編輯主編 — 黃惠娟

責任編輯 — 魯曉玟

封面設計 — 封怡彤

出 版 者 — 五南圖書出版股份有限公司

發 行 人 — 楊榮川

總 經 理 — 楊士清

總 編 輯 — 楊秀麗

地　　　址：106 臺北市大安區和平東路二段 339 巷 4 樓

電　　　話：（02）2705-5066　　傳　　　真：（02）2706-6100

網　　　址：https://www.wunan.com.tw

電子郵件：wunan@wunan.com.tw

劃撥帳號：01068953

戶　　　名：五南圖書出版股份有限公司

法律顧問：林勝安律師

出版日期：2024 年 12 月初版一刷

定　　　價：新臺幣 350 元

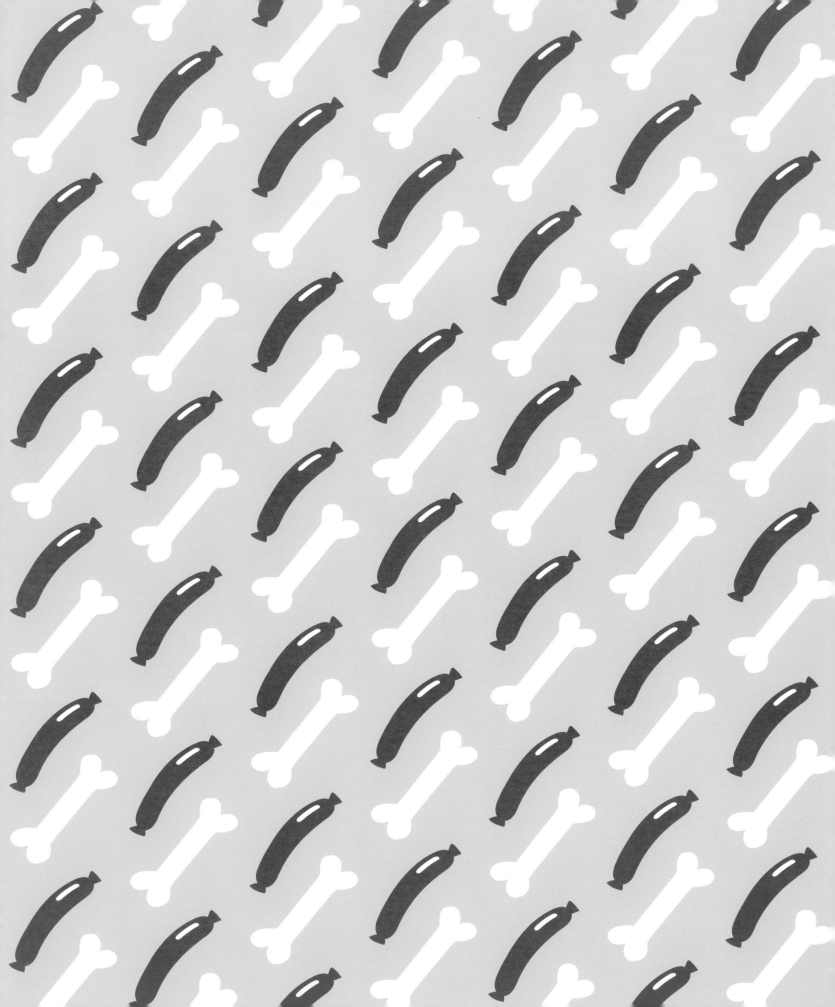